P9-AOT-122

Parents and Caregivers,

Here are a few ways to support your beginning reader:

- Talk with your child about the ideas addressed in the story.
- Discuss each illustration, mentioning the characters, where they are, and what they are doing.
- Read with expression, pointing to each word.
- Talk about why the character did what he or she did and what your child would do in that situation.
- Help your child connect with characters and events in the story.

Remember, reading with your child should be fun, not forced.

Gail Saunders-Smith, Ph.D

Padres y personas que cuidan niños,

Aquí encontrarán algunas formas de apoyar al lector que recién se inicia:

- Hable con su niño/a sobre las ideas desarrolladas en el cuento.
- Discuta cada ilustración, mencionando los personajes, dónde se encuentran y qué están haciendo.
- Lea con expresión, señalando cada palabra.
- Hable sobre por qué el personaje hizo lo que hizo y qué haría su niño/a en esa situación.
- Ayude al niño/a a conectarse con los personajes y los eventos del cuento.

Recuerde, leer con su hijo/a debe ser algo divertido, no forzado.

Gail Saunders-Smith, Ph.D

BILINGUAL STONE ARCH READERS

are published by Stone Arch Books, a Capstone imprint
1710 Roe Crest Drive
North Mankato, Minnesota 56003
www.capstonepub.com

Library of Congress Cataloging-in-Publication Data
is available on the Library of Congress website.

ISBN: 978-1-4342-3784-2 (hardcover)

Reading Consultants:
Gail Saunders-Smith, Ph.D.
Melinda Melton Crow, M.Ed.
Laurie K. Holland, Media Specialist

Creative Director: Heather Kindseth
Designer: Bob Lentz
Original Translator: Claudia Heck
Translation Services: Strictly Spanish

Printed in the United States of America in Stevens Point, Wisconsin.
032013   007284R

ORA
EL MONSTRUO MARINO

ORA
THE SEA MONSTER

por/by Cari Meister
ilustrado por/illustrated by Dennis Messner

STONE ARCH BOOKS
a capstone imprint

ORA

This is Ora. She has two wings.
She has four arms.

Esta es Ora. Ella tiene dos alas.
Ella tiene cuatro brazos.

Ora has six toes on each foot.

Ora tiene seis dedos en cada pie.

Ora likes gold. She has gold coins. She has gold pots. She even has a gold cat.

A Ora le gusta el oro. Ella tiene monedas de oro. Tiene ollas de oro Hasta tiene un gato de oro.

Ora hides her treasure in the deep sea.

Ora esconde su tesoro en lo profundo del mar.

Ora lives under the water. She comes out for one thing. She comes out to look for more gold.

Ora vive bajo el agua. Ella sale solo por una cosa. Sale para buscar más oro.

It is early in the morning. Ora is looking for gold.

Es temprano en la mañana. Ora está buscando oro.

Ora digs in the sand. No gold.

Ora cava en la arena. No hay oro.

She looks by a tree. No gold.

Mira alrededor de un árbol. No hay oro.

Ora looks in a cave. No gold.

Ora mira en una cueva. No hay oro.

She sees a boy in the cave.

Ve a un niño en la cueva.

"Can you help me?" asks the boy.
"A giant is at my castle. Can you
stop him?"

"¿Puedes ayudarme?" pregunta
el niño. "Un gigante está en mi
castillo. ¿Puedes detenerlo?"

Ora does not know what to say.
She has never helped anyone before.

Ora no sabe qué decirle. Ella nunca
ha ayudado a nadie antes.

Ora shakes her empty purse. She points to her toes.

Ora sacude su bolsa vacía.
Señala los dedos de sus pies.

"I see," says the boy. "You want gold." Ora nods. The boy runs out of the cave.

"Ya veo", dice el niño. Tú quieres oro". Ora asiente con la cabeza. El niño corre fuera de la cueva.

19

The boy comes back. He has
a gold horn. "It makes music,"
he says.

El niño vuelve. Trae un corno de oro.
"Puedes crear música", dice él.

20

"If you make the giant go away, you can have the horn," says the boy.

"Si haces que el gigante se vaya puedes quedarte con el corno", dice el niño.

Ora flies to the boy's castle. She sees the giant.

Ora vuela al castillo del niño. Ve al gigante.

"Ha, ha, ha!" the giant laughs.
He throws a big rock at Ora.

"¡Ja, ja, ja!" se ríe el gigante.
Le tira una roca grande a Ora.

Ora roars. She moves to the ground so the big rock will not hit her. The giant laughs. He jumps up and down. He thinks that he has hit Ora.

Ora ruge. Se mueve al suelo para que la roca grande no la golpee. El gigante se ríe. Salta hacia arriba y abajo. Piensa que golpeó a Ora.

"I win! I win!" the giant says.

"¡Gané! ¡Gané!" dice el gigante.

Now Ora is really mad. She blows flames.

Ora ahora está verdaderamente enojada. Ella lanza llamaradas.

"Oh, no! My pants are on fire," says the giant. "My mother made these for me. I am going to be in big trouble!"

"¡Oh, no! Mis pantalones se están quemando", dice el gigante. "Mi madre me los hizo. ¡Voy a tener un gran problema!"

The giant runs away.

El gigante se escapa.

"Thank you," says the boy. "You saved my castle." He gives Ora the gold horn.

"Gracias", dice el niño. "Salvaste mi Castillo". Él le da a Ora el corno de oro.

Ora goes back to the sea.

Ora vuelve al mar.

She loves her new treasure.

A ella le encanta su nuevo tesoro.

THE END
EL FIN

STORY WORDS

treasure	castle	ground
giant	empty	

PALABRAS DEL CUENTO

tesoro	castillo	suelo
gigante	vacío